Título original: KIRMIZI ELMA
© Texto e ilustraciones: Feridun Oral, 2008
Este libro ha sido contratado a través de Ute Körner Literary Agent, S.L.,
Barcelona (www.uklitag.com) y Akcali Copyright Trade
and Tourism Co Ltd. (www.akcalicopyright.com)

© EDITORIAL JUVENTUD, S. A., 2009
Provença, 101 - 08029 Barcelona
info@editorialjuventud.es
www.editorialjuventud.es

Traducción a partir del inglés: Teresa Farran
Primera edición, 2009
Depósito legal: B. 30.612-2009
ISBN 978-84-261-3755-5
Núm. de edición de E. J.: 12.190
Printed in Spain
Limpergraf, c/ Mogoda, 29-31, Polígon Can Salvatella
08210 Barberà del Vallès (Barcelona)

FERIDUN ORAL

LA
MANZANA
ROJA

editorial juventud
Barcelona

PARA FÜSUN

Un frío día de invierno, un conejo hambriento
salió de su casa para buscar algo que comer.
No encontró ni una brizna de hierba ni una cáscara de nuez.
Todo estaba cubierto de nieve.

Tenía que encontrar algo antes de que oscureciera.
Entonces, vio una manzana roja en un árbol lejano.
Feliz corrió hacia el árbol,
y cuando estuvo cerca la miró esperanzado.

«Ahí hay una manzana que me ayudará a matar el hambre».
Pero la manzana estaba tan alta,
que no pudo alcanzarla por más que saltó.
Así que pensó: «Quizá la musaraña pueda subir y agarrarla».

Corrió a la casa de la musaraña.
La musaraña escuchó con atención lo que el conejo le explicó.
«Tal vez pueda ayudarte», le dijo.

Pero cuando llegaron al árbol, la musaraña dijo:
«No puedo subir, soy demasiado pequeña y me podría caer.
Tal vez podría agarrarla si me subo encima de tu cabeza».
Pero la manzana estaba tan alta, que no pudo alcanzarla
por más que lo intentó.

Entonces pasó el zorro gordito, que venía
de su paseo matutino.
Le saludaron alegremente agitando los brazos.
El zorro, mientras se acercaba, con sus ojos curiosos,
intentó entender qué pasaba.

Excitados estaban el conejo y la musaraña, y le mostraron la manzana;
«¿Puedes agarrar esta manzana para nosotros?», le preguntaron.
Tras echar una mirada a la manzana, el zorro gordito dijo:
«Hummm, es una bonita manzana, pero estoy un poco resfriado
y no puedo trepar. Quizá pueda hacerla caer con la cola».
Se levantó sobre dos patas y estiró su larga cola.
Pero no pudo alcanzarla por más que lo intentó.

La musaraña tuvo una idea.
«Si nos subimos cada uno encima del otro seremos
más altos, y entonces podremos agarrar la manzana»,
dijo la musaraña. Y así lo hicieron. Pero no pudieron
alcanzarla por más que lo intentaron.

Finalmente se sentaron bajo el árbol,
y se pusieron a pensar cómo podían agarrar la manzana.
Estuvieron horas hablando y discutiendo.

Hablaban nerviosos y hacían mucho ruido.
Hasta que oyeron el gruñido del oso,
que se había despertado con el escándalo.
Se lo explicaron todo al gran oso, y le pidieron
que agarrara la manzana para ellos.
«Estoy muy viejo y no puedo trepar al árbol», respondió.
«Entonces, déjanos subir a tus hombros», sugirió el conejo.

De nuevo, se colocaron debajo del manzano
y se subieron uno encima del otro.
La musaraña casi tenía la manzana, pero de repente…

el zorro estornudó tan fuerte,
que perdieron el equilibrio y cayeron todos al suelo.

Se quedaron sentados sobre la nieve,
mirándose los unos a los otros sorprendidos,
porque la manzana roja estaba delante de ellos.
«¡Hurra, lo conseguimos!», dijeron.
Y compartieron la manzana roja.

Después durmieron abrazados
en la cueva del gran oso.